Underdanig fantasi

Dominans og erotisk underkastelse

Erika Sanders

Underdanig Fantasi
Erika Sanders

Dominans og erotisk underkastelse

Synopsis

Jeg trakk pusten dypt og blåste den sakte ut og slikket de tørre leppene mine.

Hadde han bare hatt kontroll i en time?

Eller i det minste muligheten til å gå bort?

Jeg hørte ham bevege seg rundt i rommet, TV-en skru seg på igjen ... innså at han ventet på at jeg skulle bli komfortabel.

Jeg lukket øynene, ikke at det gjorde noe siden jeg ikke kunne se gjennom bind for øynene uansett ...

Underdanig fantasier en historie med sterkt erotisk BDSM-innhold og som på sin side også tilhører samlingen Erotic Domination, en serie romaner med høyt romantisk og erotisk BDSM-innhold.

(Alle karakterer er 18 år eller eldre)

Merknad til forfatter:

Erika Sanders er en internasjonalt kjent forfatter, oversatt til mer enn tjue språk, som signerer sine mest erotiske forfatterskap, bort fra sin vanlige prosa, med pikenavnet sitt.

Indeks:

UNDERDANIG FANTASI
ERIKA SANDERS

KAPITTEL I

"Nå har du virkelig satt deg selv i en klemme."

Jeg fnyste lavt.

Det var en veldig unladylike lyd, men for øyeblikket kunne jeg bare tenke på hva som ville skje videre.

Hadde han virkelig lest mellom linjene i alle e-postene våre?

Fra nettprat?

Fra telefonsamtalene sent på kvelden?

Kanskje det burde vært mer subtilt.

Det er det alle bladene sier, ikke sant?

Gutter trenger at jeg forteller dem hva de skal gjøre.

"Slapp av, Debbie."

Hvisken mot øret mitt fikk meg til å hoppe.

"Lett for deg å si, Harry."

"Sshh. Jeg kommer tilbake."

Jeg trakk pusten dypt og blåste den sakte ut og slikket de tørre leppene mine.

Hadde han bare hatt kontroll i en time?

Eller i det minste muligheten til å gå bort?

Jeg hørte ham bevege seg rundt i rommet, TV-en skru seg på igjen ... innså at han ventet på at jeg skulle bli komfortabel.

Jeg lukket øynene, ikke at det gjorde noe, siden jeg ikke kunne se gjennom bind for øynene uansett, og jeg tenkte på tidligere i kveld ...

KAPITTEL II

Jeg tok opp mobilen og pustet ut.

Fingeren min svevet over SEND-knappen, øynene mine klistret til de to ordene på skjermen: Jeg er HER.

Jeg trakk pusten dypt og forseglet skjebnen min, og ba om at nervene mine skulle roe seg, at jeg ikke lenger følte meg kvalm.

Det var ingen vei tilbake nå.

Lyden av et toalettspyling overdøvet lyden fra en telefon i nærheten.

Et øyeblikk senere åpnet døren foran meg og nervene mine ble forstørret.

"Skal du stå der hele natten?" Sa han stille.

Den dype stemmen kom fra den opplyste døren.

Harry

Jeg trengte ikke lenger å lukke øynene for å forestille meg det.

De brede skuldrene hans stakk ut en fot over meg, pakket inn i en button-down skjorte med ermene rullet opp til albuene.

Obsidian-øynene hans stirret inn i mine med et strålende blikk.

De store hendene hans grep tak i karmen og døren mens han lente seg nedover gangen mot meg.

Vårt siste og første møte hadde vært på en gangster- og kabarettdans en uke tidligere.

Mitt eget terreng, mine egne venner, min egen komfortsone.

Det hadde vært lett å bli forelsket i sjarmen hennes, måten hun klemte meg på når vi danset sakte.

Måten han vippet filthatten min inn på parkeringsplassen før han kysset meg mykt, og fingrene hans rørte så vidt kinnet mitt.

Måten han hadde hvisket i øret mitt at beslutningen min om å kle seg gangster hadde slått ham på.

Knærne mine bøyde seg da han presset mot hoften min, og viste sin opphisselse.

Det tok all min kraft at jeg kan komme ut av meg selv de neste sju dagene, spesielt på jobb.

Våre sene chatter på telefonen og på Internett hjalp ikke.

Så hvorfor var hun så redd?

Jeg unnet meg det øyeblikket jeg hadde fantasert hele denne tiden ...

"Debbie?" Hun åpnet døren og gikk helt ut i gangen nå, med munnvikene nede. "Er du ok?"

Jeg rygget inntil veggen og holdt kveldsvesken over skulderen.

Det er en feil.

Jeg skulle ikke ha kommet.

Hva tenkte jeg på?

Vent, jeg tenkte ikke.

meg...

Fingrene hans børstet kinnet mitt mens han løftet haken min.

"Ok. Ikke vær redd."

"Hvem meg?" Stemmen min hørtes skjelven ut og ikke i det hele tatt selvsikker, selv om jeg smilte.

Rynken hans ble dypere.

Bekymring og skuffelse viste seg i hans mørke øyne.

"Vil du ikke gjøre dette?"

"Ja. Jeg skal klare meg."

Jeg rygget vekk fra veggen og marsjerte mot løvens hule.

Døren smalt igjen bak meg, og fikk meg til å hoppe mens jeg tok inn i omgivelsene.

Det var et standard hotellrom med et boblebad til venstre, klesstangen i en alkove til høyre, og en suite med åpen front med to lamper og en digital klokke på små bord som flankerer enkeltsengen.

En sofa, et bord, to stoler og en lav kommode med en TV skrudd på toppen gjorde møblene ferdige.

Ukjølig.

Men så var det ikke en spesiell anledning.

Vel, ikke en du ville leie et luksushotellrom for, som for en bryllupsreise.

Et mykt fnys slapp min siste tanke.

Nei, ikke noe viktig sånt.

Det ble et rykk i armen min og jeg blunket.

Øynene mine løftet seg for å møte hans, og det myke smilet hans lette litt på spenningen.

"La meg ta vesken din."

Jeg slapp grepet om stroppen, og så ham legge saccosekken på kommoden under den opplyste, men lydløse TV-skjermen.

Han trykket på en knapp på fjernkontrollen og skjermen ble svart.

Nå var det egentlig bare oss to.

De små lydene virket nå forsterket.

Den myke susingen fra klimaanlegget.

Summingen av lys over hodene våre.

Lyden av is i maskinen rett utenfor rommet.

Klukkingen av vann i hjørneboblebadet ved siden av sengen.

Vel, kanskje dette ikke er et så standard hotellrom likevel.

Hjertet mitt banket i ørene mine.

Jeg prøvde å holde pusten jevn, prøvde å fokusere på hele situasjonen.

I det han gjorde.

Hvorfor han gjorde det.

Et mykt stønn slapp unna meg da jeg tenkte på det mulige sluttresultatet, og noe klypte seg i magen.

"Debbie? Sett deg ned."

Han tok hånden min og førte meg til sengen.

Huden min kriblet av kontakten.

Knærne mine bøyde seg automatisk, og så hvilte jeg på kanten.

Min korte vekst gjorde det vanskelig for meg å sitte opp og fortsatt være i stand til å ta på teppet.

"Du ser vakker ut i kveld."

Jeg blunket igjen og bøyde hodet mot ham.

Ingen hadde noen gang kalt meg vakker bortsett fra foreldrene mine.

Øynene hennes fokuserte på kjolen hun hadde valgt til dansen i kveld, et rødt silkeskjørt med roseprint og en svart ermeløs bodice som ga bred hals.

Det var en av mine favoritter, hovedsakelig fordi jeg følte meg vakker, til tross for min lille kropp.

Et smil trakk leppene mine, glad for at han også ville ha likt det.

"Beklager. Jeg er bare litt ..."

"Det er greit jeg forstår det". Han satt ved siden av meg og holdt meg fortsatt i hånden.

I flere minutter var den eneste støyen vi lagde pusten vår, hans normale, min vaklet.

Hvordan kan du være så rolig?

Jeg holdt blikket på fanget, svelget tungt som da jeg vandret inn på fanget hans ... jeg så den lette bulen der.

Han klemte hånden min fra tid til annen.

Til slutt, da jeg følte meg rolig, løftet jeg øynene mine til ansiktet hans.

Han så på meg.

Munnvikene hans var nå skrudd opp.

"Jeg skal kysse deg, ok?"

Jeg bøyde haken min som svar, og hånden hans tok over kjeven min og trakk meg nærmere.

Øynene mine lukket seg da de varme leppene hans berørte mine.

De berørte først lett og så presset de meg hardere.

Jeg klemte hånden hans, sugde inn luft, små overraskelsesskrik når ørene mine.

Hånden hans gled mot bakhodet mitt, fingrene hans begravet i hårstråene mine.

Da tungen hans trakk munnen min, krympet jeg.

Da han bet meg i underleppen, gispet jeg.

Og da tungen hans gled innover og ristet tungen min, stønnet jeg.

Harry fortsatte å holde munnen min med sin til tungene våre danset og nøt hverandre, og stønnene mine ble hyppigere.

Han trakk hånden sin ut av min og slapp klippet som holdt mine kastanje krusninger.

De milde bølgene fosset over skuldrene mine og hvisket mot ørene og kinnene mine før jeg dyttet dem bort så jeg kunne holde hodet mer fast.

Hånden min fant låret hans og klemte det, og fremkalte et stønn fra ham.

Kroppene våre snudde seg mot hverandre, nervene ble mykere da han hjalp meg med å gli inn på dynen.

Da jeg lente meg bakover mot putene, sukket jeg og forventning erstattet angsten i de spente musklene.

Fingrene hans kjærtegnet mine kinner og pannen og nakken, vred seg gjennom flettene mine mens han flyttet munnen mot min.

Han var mild, men bestemt.

Har kontroll, men ikke hastverk heller.

Fingrene mine løftet seg for å spore konturene av nakken hennes, gjennom de lyse skjeggstubbene på kjeven, til det bølgete håret hennes, støttet hodet.

Da fingrene hans gled til skulderen min, over den brede stroppen på kjolen min, og børstet den bare armen min, holdt jeg pusten i munnen.

Selv gjennom kjolen og BH-en, kunne hun føle varmen fra berøringen.

Jeg lengtet etter at han skulle ta brystet mitt, for å lette litt på presset jeg hadde følt siden vi møttes.

Det var så nært, men det så ut til å unngå det området med vilje.

"Du smaker så godt." Munnen hans dekket min igjen før han beveget seg til haken min, kjeven og bak øret før han la seg inn i nakken min.

Nesen hans kjærtegnet meg, tungen hans slikket kjøttet mitt.

Jeg trakk pusten dypt og slapp den sakte ut med et stønn.

"Du lukter fantastisk."

Jeg klynket, huden min kriblet mens han herjet henne.

"Vennligst ikke stopp. Mmm."

— Jeg har ingen intensjon om å gjøre det. Stemmen hans ble dempet mens han sugde forsiktig, nappet og så slikket med de skarpe smertene som ble resultatet.

Jeg tok tak i armene hans, forankret meg til ham.

Den varme kroppen hans presset mot siden min, og tente gnister under huden min.

Jeg ville legge den oppå meg, men jeg hadde rett og slett ikke energi.

Eller mot til å ta initiativ.

Munnen hans landet sommerfuglkyss på skulderen min og ned i halsen min.

Da han gikk, åpnet jeg øynene.

Øynene hans var festet, men ikke på ansiktet mitt.

Jeg fortsatte på veien hennes, og gispet da jeg så objektet for konsentrasjonen hennes: den raske stigningen og fallet av brystene mine som presset mot grensene til kjolens halslinje.

Blikket mitt vendte tilbake til ansiktet hans akkurat i tide til å se ham slikke seg om leppene.

"Hvis du vil at jeg skal slutte, er det på tide nå ..."

"Nei nei nei". Jeg klemte øynene sammen og en frysning rant gjennom meg ved tanken på at det hele kunne ta slutt så fort.

En myk latter var hans eneste svar, og så børstet leppene hans halsen min igjen.

Sakte og metodisk dekket de hver tomme av huden.

Noen ganger sprutet tungen hans og fikk meg til å skjelve.

Jeg trakk pusten flere ganger mens den beveget seg lavere.

Da leppene hans kjærtegnet hevelsen i brystet mitt, tok jeg tak i skjørtet mitt, kroppen min bøyde seg mot ham av seg selv.

Den flate tungen hans kjærtegnet stigningen over kanten på min svarte sateng-BH, og følelsen av fuktig varme brant meg.

Han beveget seg, la en arm på magen min og snudde hodet.

Nesen min begravd i håret hennes.

Det luktet litt som fersk lotion etter vask, og jeg pustet ut med et sukk.

Konsentrasjonen min endret seg da jeg kjente fingeren hans krype oppover kurven på kløften min, stupte inn i rommet mellom brystene mine før jeg gled under kanten av BH-en.

Tungen hans fulgte den, og et stønn steg fra baksiden av halsen min.

Brystvortene mine var så harde at de gjorde vondt.

Hvis han bare...

Kroppen min vred seg, og oppfordret ham til å gå litt lavere, der jeg ville ha ham.

Der jeg trengte det.

Da jeg beveget hånden min, bokstavelig talt prøvde å ta saken i egne hender for å lindre smerten, beveget han seg igjen og tok tak i armen min og løftet den over hodet mitt.

Han reiste seg høyt nok til å frigjøre venstre arm fra under ham og koblet den sammen med høyre arm.

Han holdt begge håndleddene med høyre hånd, senket munnen til brystet mitt igjen og fortsatte å tilbe min nå brennende hud.

"Vær så snill ... å vær så snill Harry ..." mumlet jeg forbi stønnene han trakk fra meg.

"Hva vil du Deb?" Pusten hans gikk gjennom BH-barrieren og gjorde at jeg fikk enda mer vondt. "Fortell meg hva du vil ha."

"Å ..." Tankene mine var uklare, og jeg følte meg plutselig flau igjen.

Hvorfor kan du ikke bare forstå hva jeg ber deg om?

"Kan dette være?" Fingrene hans strøk den nedre delen av brystet mitt gjennom kjolen og jeg stønnet. "Ja, jeg tror det er det du vil."

Han ertet igjen, og til slutt holdt hånden hans om brystet mitt, mens han klemte forsiktig.

Tommelen hans børstet brystvorten.

Selv gjennom BH-materialet sendte den sjokkbølger gjennom hele kroppen min.

"Å gud!"

Øynene mine åpnet seg og jeg holdt pusten, stirret i taket, men så ingenting, gledet meg over det faktum at han endelig hadde rørt meg der jeg trengte ham.

Jeg gispet da han flyttet hånden opp og skled en finger under kanten av BH-en min og sveipet den om og om igjen rett over brystvorten min.

Varmen stormet og samlet seg mellom bena mine.

Verden roet seg.

Leppene hans børstet øret mitt, pusten brennende og fikk meg fortsatt til å skjelve.

Pusten min stoppet da hånden hans gled dypere inn i BH-en min for å kutte meg helt.

Jeg kjente huden hans litt ru mens han eltet brystet mitt, rullet brystvorten min mellom tommelen og de andre fingrene hans.

Jeg snudde meg mot ham, munnen min søkte hans.

Han stønnet, presset leppene sine mot mine og dyttet meg på ryggen igjen.

Jeg beveget meg under ham, og gjentok stønn hans mens tungen hans feide over munnen min og lekte med tungen min.

Han klemte brystet mitt en gang til og trakk deretter hånden sin.

Han slapp venstre håndledd, la hånden sin over skulderen min og dro både kjoleremmen og BH-en min nedover armen min.

Kald luft børstet mitt nå nakne bryst.

Brystvorten min strammet seg smertefullt.

Jeg ble andpusten og skalv da fingrene hans gled nedover armen min og løftet den sakte tilbake over hodet mitt.

Da jeg kjente at han knyttet noe rundt håndleddet mitt, ristet jeg meg automatisk.

"Harry?"

"Ja, Debbie?" Han kom ned og kysset armen min og på brystet mitt, og sugde brystvorten min inn i munnen hans.

"Åh!" Jeg glemte hva jeg skulle spørre ham om, nervene mine løste seg med den enkle handlingen, og jeg buet mot ham.

Han humret og ertet brystvorten min med tungen mens han klatret oppå meg og slapp det andre håndleddet mitt.

Da han oppdaget det høyre brystet mitt, flyttet han munnen til den siden mens han la hånden tilbake på hodet mitt.

Jeg slet med å svelge, og så ham binde det høyre håndleddet mitt.

"Du er så sexy". Øynene hennes glitret da hun satt ved siden av meg og stirret på det nakne brystet mitt, kjolen og BH-en min rett under bysten.

Jeg trakk forsiktig i håndleddene og svelget spenningen.

Det var nok slakk til at armene mine kunne slappe av mot putene, men ikke nok til å kunne løsne meg hvis jeg ville.

"Jeg trodde ikke du ville huske."

Hva hadde skjedd med stemmen min?

Det hørtes veldig hes ut.

"Å, jeg husker. Jeg husker alt."

Det late smilet, den dype tonen, det plutselige mørke blikket i øynene hans fikk hjertet mitt til å hoppe over et slag.

Tankene mine løp for å huske alt vi hadde diskutert ... og jeg lurte på om jeg hadde glemt å nevne noe.

Men jeg mistet konsentrasjonen da han nådde nedover ryggen min, hektet av spennene på BH-en min og åpnet kjolen min.

Jeg holdt øynene på ham, og så tilsynelatende fascinasjon i øynene hans mens han ristet kjolen min, og avslørte mer og mer av min nakne kropp.

Han holdt pusten da han avslørte de svarte satengtrusene mine.

Jeg gikk bort til ham og han stoppet, tok tak i hoftene mine og kjørte tommelen frem og tilbake over den dekkede huden min.

Da jeg gjenopptok nakenheten min, børstet sateng på skjørtet mine bare ben, og kastet deretter kjolen til side.

Fingrene hans gled oppover leggene mine, opp til knærne mine, og så ned igjen for å kneppe opp og fjerne hælene mine.

Jeg fikk en plutselig bølge av sinne.

Jeg løp sakte med tungespissen langs overleppen og beveget hoftene.

"Så du liker det du ser?"

Øynene hans skjøt opp mot mine, og jeg sverger at jeg så et ildglimt i dem.

Han snakket ikke, men han gled fingrene under trusskanten og dro dem sakte ned.

Jeg slukte, klar over at jeg var veldig bekymret for at han kunne like det han så.

Kald luft strøk mot meg, og jeg klarte ikke å la være å presse lårene mine sammen, stønnet og vrimlet mens han bare stirret på meg.

Et par ganger løftet han hånden som for å ta på meg der, men hånden kom tilbake til fanget hans.

Jeg skulle ønske jeg kunne lese tankene dine.

Han strakte seg inn i baklommen og lente seg så mot meg og strøk leppene mot mine.

"Er du ok?"

Jeg tok et par dype åndedrag og smilte så.

"Ja, jeg er ok."

Øynene hans møtte mine, og han smilte tilbake.

"Løgner."

Hendene hans beveget seg over ansiktet mitt.

En myk klut dekket øynene mine, blokkerte lyset og festet strikken over hodet mitt.

Pusten min trakk seg.

Jeg kunne ikke unngå det.

Han hadde rett.

En del av meg var bekymret for at jeg hadde gått for dypt.

Jeg hadde ønsket dette.

Men når kontrollen min var borte, kom nervene tilbake og jeg ble redd.

Ikke nødvendigvis Harry, men hva han ville gjøre ... eller ikke gjøre.

Det så ut til å ha gjort dette før.

Hva om jeg ikke lever opp til forventningene dine?

KAPITTEL III

Noe som førte oss tilbake til meg liggende på sengen, helt naken, med bind for øynene og hendene bundet til sengegavlen.

Harry satt eller sto i en annen del av rommet og hørte på repetisjoner av lov og orden.

Jeg tvilte veldig på at han så på TV.

Jeg kunne virkelig føle øynene hans på meg.

Og det var ikke den ubehagelige følelsen når du vet at noen ser på deg og lurer på hvorfor og så nervøst ser deg rundt og prøver å finne den skyldige.

I stedet kjente jeg varmen spre seg gjennom meg, glad for at den fant meg verdt å se på.

Det gikk flere minutter, serien gikk i reklamefilm, og i bakgrunnen hørte jeg det tydelige klikket fra hotellrommets dør som åpnet og lukket.

"Harry?"

Det var ikke noe svar.

Jeg prøvde å ikke få panikk, men klarte ikke å la være å trekke på meg.

Jeg hørte ingen andre i rommet, noe som var bra.

Men fortsatt...

Tankene mine gikk over meg da jeg hørte døren åpnes igjen.

Jeg holdt pusten, hørte klirringen av is i et glass og susingen fra en brusboks som åpnet seg.

Varmen fra en annen kropp børstet min høyre side, og sengen sank under vekten av noen som satt.

Jeg gispet da en kald håndflate børstet den høyre brystvorten min.

"Savnet du meg?"

Jeg ga fra meg et fillete sukk, lettet over å høre Harrys stemme.

"Fortell meg noe neste gang du går!"

"Unnskyld. Jeg mente ikke å skremme deg."

Leppene hans børstet mine.

Jeg kjente lukten av halen på pusten hans.

Tungene våre flørtet et øyeblikk, og så lente han seg tilbake.

"Skal vi begynne?"

Jeg smilte og slappet av mot putene.

Jeg hørte at han la fra seg glasset, og så begynte han å rote under hodet mitt og senke dyne og tepper.

Huden min prikket, gikk gåsehud, da hendene hans strøk mot kroppen min.

Jeg hjalp så mye jeg kunne i min stilling ved å løfte kroppen.

Da hun allerede lå alene på de kalde lakenene, flyttet vekten på sengen seg igjen og fjernsynet ble stille.

"Du kan ikke se noe, kan du?"

Jeg lente hodet forover, til begge sider, og slappet så av igjen.

"Nei ingenting."

"Så nyt. Og ikke et ord."

Jeg nikket og bøyde håndleddene og fingrene.

Jeg visste at han så på meg igjen, og det ble varme mellom bena mine.

Jeg beveget hoftene, vrikket med tærne og snudde så anklene.

Alt for å holde meg distrahert.

Leppene mine ble plutselig tørre og jeg slikket dem, svelget og fant munnen min tørr også.

Jeg tvang meg selv til å puste normalt, og lyttet etter ethvert hint om hva hun kunne gjøre.

Klimaanlegget slo seg av, og så hørte jeg bare at hun pustet jevnt.

Men likevel rørte det meg ikke.

Etter flere minutter slappet musklene mine av og bena åpnet seg litt.

Pusten hans stoppet og jeg smilte.

Jeg lurte på om han onanerte, men han ville sikkert ha hørt noen indikasjoner på det.

Jeg skulle spørre ham om alt var i orden da jeg kjente det.

Det var en veldig lett berøring, direkte på begge brystvortene mine.

Jeg stønnet da de stivnet.

Følelsen beveget seg nedover og fulgte kurven under brystene mine og til sidene.

Det var definitivt en fjær, fylden børstet huden min som de mykeste fingertuppene.

Den beveget seg over magen min, skisserte ribbeina og sirklet rundt navlen.

Det rykket i hoftene mens tuppen strøk mot lyskeområdet mitt, der beinet mitt kom sammen med kroppen min.

Jeg grøsset og kurret.

Han gjentok bevegelsen, beveget seg over hoften min og sakte tilbake igjen, etter bekkenlinjen.

Jeg vred meg da han løp den flate delen av fjæren over toppen av venstre lår.

Gåsehuden steg igjen og jeg spredte bena mine bredere, og brukte føttene for å få styrke mot sengen for å presse opp.

Harry humret.

"Tålmodighet, Deb."

Men han gled fjæren langs innsiden av låret mitt, ned under kneet og leggen.

Jeg lo da han kilte nederst på foten min.

Den ble endret til å fungere på høyre side.

Jeg kunne kjenne varmen fra kroppen hans lente seg over bena mine.

Fjæren fulgte samme mønster på det andre benet, men bak.

Fra foten til leggen, under kneet og over låret, gjennom bekkenet og ribbeina.

Jeg bøyde ryggen og stønnet sakte mens brystvortene mine strøk mot det opprullede ermet på skjorten hans.

"Hei, ikke juks!"

Jeg smilte og slikket meg om leppene, men jeg oppførte meg og lente meg bakover.

Han trakk seg unna og jeg kjente at han beveget seg over hodet mitt.

Fjæren sporet bunnen av høyre arm til håndleddet og børstet fingrene mine.

Han tegnet sirkler på den åpne håndflaten min før han jobbet seg nedover armen min igjen.

Spissen feide over skulderen min, nedover kragebeinet og over halsen.

Jeg lente hodet til venstre mot puten og sukket mens han sporet design på halsen min og ertet øret mitt.

Da han skled pennen under haken min, vippet jeg hodet til den andre siden og sukket igjen mens jeg gjentok de samme bevegelsene over hele halsen, over skulderen og inn i venstre arm og hånd.

Jeg beveget fingrene, pennen gled mellom dem.

Han reiste seg og lot kroppen min tigge.

Fingrene mine knyttet sammen, ekko innsnevringer, dypt i meg.

Jeg slikket meg på leppene igjen og kjente at hjertet banke.

Heldigvis var det ikke lenge borte.

En ny sensasjon, jeg antar et silkeskjerf, børstet fingertuppene mine og nedover begge armene samtidig.

Den dekket ansiktet mitt, sakte gled nedover nesen og munnen for å dekke nakken min.

Da han nådde brystene mine, bøyde jeg meg opp og stønnet.

Han gned den frem og tilbake over de såre brystvortene mine.

Så kjærtegnet lommetørklet meg over magen og hoftene, og børstet kort bekkenet mitt på vei til lårene og føttene.

Han gjentok prosessen i revers, forsiktig med å stoppe ved områdene der han stønnet av glede.

Og så var lommetørkleet borte like fort som det så ut.

Jeg hørte Harry rote gjennom en plastpose, og så lå han igjen på sengen ved siden av meg.

Det var et klikk som hørtes ut som en plasthette.

Jeg gispet da noe kaldt dekket venstre bryst.

Tungen hans slikket brystvorten min før han sugde den inn i munnen hans.

"Åh!" Jeg buet meg inn i ham, og han adlød ved å dra tungen over brystet mitt, hånden hans bøyd og klemte.

Da han tilsynelatende slikket det venstre brystet mitt, beveget han seg for å legge seg på høyre side og gjenta prosessen.

Jeg kunne kjenne varmen dundre inni meg, trygle om å bli berørt, og jeg klynket.

"Jeg vet, Deb. Jeg vet." Han klemte det høyre brystet mitt og rakte ut for å kysse meg, dyppet tungen sin inn i munnen min. "Mmm."

Jeg smakte sjokolade og stønnet med det.

Han kysset min hake og nakke, strøk meg over skulderen.

En kald sjokoladestrøm falt på leppene mine, og jeg slikket sultent.

Fingeren hans presset seg mellom leppene mine, og jeg sugde den dypt inn i munnen min og tørket den med sjokolade også.

Så snek kulden seg oppover haken og halsen min.

Den fortsatte gjennom kløften mellom brystene mine og sirklet rundt navlen.

Tungen og leppene hans fulgte sakte etter, og fikk meg til å skjelve av spenning.

Madrassene knirket da han gikk bort, og så hørte jeg rennende vann på badet.

Han kom tilbake et minutt senere, og la sakte en varm vaskeklut over halsen, brystene og magen min.

Endringen i temperatur fikk meg til å gispe og kroppen kruset.

Han la seg på venstre side igjen, hånden hans strakt ut over magen min.

Han masserte meg et øyeblikk, munnen hans dekket min venstre brystvorte, nappet og sugde forsiktig.

Jeg prøvde å strekke meg ned for å kjøre fingrene mine gjennom håret hans, men hendene mine klarte ikke å nå ham, noe som minnet meg om at jeg var innesluttet.

Jeg klamret meg til luften i stedet og prøvde å presse siden min mot ham.

Hånden hans gled opp og omsluttet brystet mitt.

Jeg gråt av det plutselige bittet av en isbit som gned seg mot brystvorten min.

Jeg trakk meg unna, men det var ingen steder å gå.

Kaldt vann dryppet nedover brystet mitt, isen sirklet sakte rundt brystvorten min.

Det gjorde vondt, men den plutselige smerten ble bedøvende behagelig og jeg kjente varmen stige igjen mellom bena mine.

Jeg klynket, prøvde å trekke meg unna nå, og knyttet nevene.

"Sshh. Shh."

Den frie hånden hans presset mot magen min igjen, holdt meg mot sengen mens han sugde på den nummede brystvorten min og slikket opp vannet.

Han trakk seg unna, og et varmt håndkle dekket mitt skjelvende bryst.

Jeg burde ha vært klar for at han skulle flytte over på mitt høyre bryst, men den iskalde isbiten i ham forbløffet meg fortsatt.

Jeg skrek, og nok en gang stønnet jeg og trakk meg unna, uavhengig av hans forsøk på å roe meg ned.

Den skarpe smerten kom tilbake, klemte brystvorten min, bedøvet huden rundt den.

Da isen smeltet, slikket munnen hans og sugde opp vannet, og så varmet håndkleet brystet mitt.

Hodet mitt var uklart nå.

Jeg kunne ikke tro hvor spent hun var, enda mer siden isbehandlingen.

Jeg følte meg litt skyldig over at jeg likte den korte smerten.

Den resulterende gleden var fantastisk.

Jeg var glad for at Harry hadde knyttet håndleddene mine.

Hun var sikker på at hun ville ha prøvd å stoppe ham hvis hun hadde fått sjansen.

Hvor lenge har vi holdt på med dette?

Tankene gikk tilbake til nåtiden da isen gled mellom brystene mine.

Jeg skrek og buet.

Harry fanget sidene mine i hendene hans, holdt meg mot seg mens han dro isen opp og ned i midten av kroppen min med munnen, brystene mine børstet kinnene hans.

Jeg kjente vannet bassenget i navlen min, velte over hoftene mine.

Jeg trodde ikke kroppen min kunne slutte å riste.

Da isen forsvant, erstattet tungen hans den og slikket huden min som nå sydde under det kalde laget av is og vann.

Hendene hans beveget seg mot brystene mine, klemte dem mens han strøk langs halsen i midten.

Det tok meg et øyeblikk å innse at han lå mellom bena mine.

Umiddelbart hevet jeg knærne til hoftene hans.

Han følte seg så godt plassert mot meg der han mest trengte å bli berørt.

Jeg sukket, i varmen fra den harde bulen hans som var tydelig gjennom buksene hans.

Den dype latteren hans vibrerte gjennom brystet mitt.

"Ok. Jeg skjønner ideen."

Han slapp meg og krøp vekk fra bena mine.

Jeg klaget over det plutselige fraværet, men hånden hans på hoften min roet den vridde kroppen min.

Fingrene hans jobbet seg mellom krøllene mine og den varme huden min.

Jeg sukket.

Bena mine spredte seg igjen.

En av fingrene hans presset mot den glatte spalten min og berørte kliten min kort.

Jeg kurret og spredte bena mine bredere.

Han strøk sakte med håndflaten sin over de ytre leppene mine.

Nå og da våt han fingeren, dro den fra den ene enden til den andre, og fikk meg til å gispe.

Hånden hans stanset og satte haugen min sammen, og to fingre presset og spredte hovne lepper.

Jeg holdt pusten da tommelen hans sirklet klitorisen min.

Og så gled en finger lavere.

Han lekte med det, sporet kanten av mitt ivrige hull før han flyttet for å børste veggene på mine indre lepper.

Hoftene mine rykket, og prøvde å tvinge ham ned i meg allerede.

Den ledige hånden hans presset hoftene mine mot sengen, og så strøk han meg fullstendig over fitta.

Hælen på hånden hans hvilte mot bekkenbenet mitt da de tre første fingrene hans gled nedover, nedover dalen, og krøp seg sammen for å børste klitorisen min.

Og igjen.

Det var en utsøkt følelse å endelig få ham til å ta på meg, og lette litt på presset jeg følte.

Hendene mine knyttet sammen, kroppen min bøyd, kjempet for å frigjøre seg.

Jeg stønnet, kastet hodet tilbake på puten mens han dyttet to tykke fingre inn i meg og så sugde brystvorten min mellom tennene mine.

Hånden hans satte fart og presset hardt og dypt.

Spenningen i magen min økte, og jeg strammet lårene mine rundt hånden hans og skrek.

Hånden hans stoppet, men fingrene hans fortsatte å bevege seg, fortsatt begravd mellom bena mine.

Han sugde på brystet mitt da jeg syklet mot mitt første klimaks.

Da jeg fikk igjen pusten etter cumming, trakk han seg unna.

Jeg hørte ham strekke seg inn i posen igjen, og da lå han mellom bena mine og spredte lårene mine.

Pusten min trakk seg igjen da jeg kjente at noe kremaktig og kaldt spredte seg over fitta.

Jeg krympet meg og sugde på underleppen min, og klarte ikke å holde hoftene mine i å bue seg inn i ham.

Fingrene hans børstet innsiden av lårene mine, og så presset han den ene fingeren og gled den opp og ned på fitta mi.

Jeg slukte og trakk pusten dypt bare for at han skulle gli fingeren inn i munnen min.

Leppene mine lukket seg rundt fingeren hans.

Jeg stønnet over smaken av kremfløte med et hint av mine egne seksuelle juicer.

Mens han sugde på fingeren hennes, strøk han den inn og ut, og etterlignet det han allerede hadde gjort nede før.

Det var ikke vanskelig å tenke på at han gjorde det med mer enn bare fingrene.

Bare det å tenke på at han hadde dekket fitta mi i kremfløte, og mest sannsynlig gjettet hvorfor, basert på ferske erfaringer med sjokolade, fikk meg til å gispe.

Han hadde allerede spilt med meg flere ganger enn jeg kunne telle.

Og selv om jeg allerede hadde hatt mange nye opplevelser i kveld, så jeg aldri for meg at en gutt skulle slikke meg der nede.

Jeg kjente at han satt på sengen og ikke rørte meg.

Han knurret, lenge og lavt.

Det var den mest sexy lyden jeg noen gang hadde hørt, og jeg kunne ikke la være å gjenta den.

Det nederste laget av kremfløten begynte å smelte og dryppet rundt klitorisen min.

Jeg flyttet meg, stønnet sakte da han presset mer kremfløte mellom leppene mine.

Jeg hadde lagt barberkrem der før da jeg prøvde å barbere fitta, og følelsen var like erotisk nå, klemte og kjærtegnet den sensitive huden min.

"Vi blir litt fighter, gjør vi ikke?"

Jeg laget en uforståelig lyd av utålmodighet, og han lo.

Jeg elsket latteren hans like mye som den sexy knurringen hans.

Jeg slet med å svelge, og elsket det han gjorde mot meg mentalt og fysisk, til tross for min periodiske frustrasjon.

Harry kjørte fingrene over det venstre brystet mitt, langs den tunge kurven under, over den milde bølgen på toppen, og skisserte areolaen.

Han skålet og masserte brystet mitt.

Tommelen og pekefingeren hans klemte brystvorten min.

Jeg bet meg i leppa for å unngå å skrike.

Han gned den harde klumpen forsiktig fra side til side, og presset håndflaten mot den, og lindret den skarpe smerten.

Hånden hans gled ned langs halsen på midten og børstet mitt høyre bryst.

Fingrene hans berørte meg igjen, elektrifiserte huden min, og sendte ny ild mellom bena mine.

Da han klemte brystvorten min, rullet jeg bort til ham, og ønsket at han skulle legge munnen min på den igjen.

"Veldig fornuftig."

Pusten hans strøk over kinnet mitt, tungen hans feide over kjeven min, og så gjorde han ønsket mitt oppfylt.

Leppene hans lukket seg over brystvorten min og sugde forsiktig inn den skarpe smerten jeg hadde skapt.

Jeg vugget fra side til side og stønnet.

Jeg kjente at kremfløten festet seg til lårene mine nå, og jeg lurte på om jeg hadde glemt det.

Jeg ville ikke at han skulle slutte å slikke meg på brystet, men plutselig ville jeg ha ham ned.

Jeg ville vite hvordan det føltes å ha tungen hans som ertet meg der, akkurat mens han ertet brystvorten min.

Hvordan det ville være å ha tungespissen presset inni meg, tennene biter den glatte huden min.

Han førte den flate delen av tungen over brystvorten min igjen og gled så nedover kroppen min, kysset og nappet og slikket hver tomme av huden min underveis.

Om ikke lenge lå han mellom bena mine.

Han kysset hoftene mine og trakk deretter tungen over krysset mellom bena mine og bekkenet mitt.

Han la på et nytt lag med pisket krem, og så viklet armene seg under lårene mine og delte seg.

Jeg stønnet, kroppen krampet litt.

Jeg kjente den varme pusten hans mot de myke krøllene mine.

Jeg gråt da tungen hans kom ut og rørte kliten min.

Jeg spredte bena mine bredere og han løftet den nakne fitten min nærmere munnen.

Tungen hans slikket på meg igjen, og jeg stønnet lettet.

Fingrene hans masserte lårene mine mens han slikket dypere langs fitta mi.

Jeg hørte den myke lyden av tungen hans som slikket blandingen av fuktigheten min og krembelegget.

Tungen hans var overalt og manglet ingen sprekker.

Det var en langsom og kronglete prosess, og jeg ba om at det ikke ville stoppe snart.

Jeg slapp, hoftene rykket under munnen hans.

Da han sugde på kliten min, skrek jeg igjen.

Da han presset tungespissen mot meg, stønnet jeg.

Jeg kunne ikke få nok av ham.

Og jeg ønsket å røre ham mer enn noen gang.

Jeg forbannet båndtvangene mine ... og de hevet fortsatt opphisselsesnivået på samme tid.

Jeg har aldri hatt så mange følelser som går gjennom meg på en gang.

Jeg kom en gang til da fingeren hans gled inni meg igjen.

Han strøk meg gjennom orgasmen min, munnen hans klamret seg fortsatt til klitorisen min, den varme pusten hans blandet seg med min egen varme og fuktighet.

Jeg kom ned fra klimakset mitt da jeg kjente isbiten og skrek.

Jeg hadde dyttet ham inni meg, og kaldt vann rant mellom baken min.

Fingrene hans presset, holdt isen på plass, lot varmen min smelte den.

Jeg kjente at musklene mine strammet seg rundt fingrene hans, og han strøk dem sakte inn og ut samtidig som skrikene mine.

En annen isbit ble med på scenen, denne gangen mot klitorisen min.

Jeg falt i en ny orgasme, hodet mitt rullet frem og tilbake mellom de hevede armene mine, og kjente isen og fingrene hans kjærtegne meg.

Munnen hans slikket fitta mi igjen mens jeg vred meg under ham.

På en eller annen måte klarte fingrene mine å ta tak i puten.

Jeg tror jeg ropte noen forbannelser fordi Harry humret og sa noe om meg som "du er en dårlig jente", lyden vibrerte mot huden min.

Til slutt tilbød han meg litt lettelse og gikk bort og senket bena mine ned på sengen.

Jeg peset, øynene stramme.

Kroppen min føltes i brann, som om ingenting jeg hadde gjort så langt hadde tilfredsstilt den, og likevel følte jeg meg utslitt.

Munnen hans dekket min.

Jeg klarte å finne styrken til å kysse ham tilbake, smake og lukte på min egen søte moskus på leppene hans.

KAPITTEL IV

Jeg må ha sovnet, for min neste tanke var å lure på hvorfor jeg lå med ansiktet ned på magen.

Håndleddene mine var fortsatt bundet til hodet på sengen, over hodet mitt.

Jeg hadde fortsatt bind for øynene og fortsatt naken, men jeg hadde snudd meg.

Jeg sukket, kjente brystene mine presset mot det varme lakenet, ansiktet mitt plassert i en pute som lå mellom hodet og armene.

Han kunne nå trelistene ved sengegavlen nå.

Jeg grep dem lett og kjente lukten av svetten og parfymen på puten.

Jeg var i ferd med å ringe Harry da jeg kjente varm væske på skulderbladene mine, og så følelsen av hender som spredte væsken over huden min.

Det luktet lavendel.

"Velkommen tilbake Deb. Du tok en liten lur." Han bøyde seg ned og kysset meg på kinnet. "Jeg utnyttet situasjonen og reposisjonerte deg. Føler du deg bra? Gjør det vondt i armene dine?"

Jeg smilte og mumlet:

"Nei, jeg har det bra".

"Vi vil."

Han kysset meg igjen og begynte så å massere ryggen og skuldrene mine.

Fingrene hans gled over huden på grunn av oljen.

Hendene hans presset og trakk forsiktig i musklene mine, og trakk stønn og sukk fra dypt inni meg.

Jeg hadde hatt flere massasjer før, men ingen hadde vært så sensuell.

Det tente meg mer enn det virkelig lette på noen oppdemmet spenning.

Fingrene hans beveget seg til bunnen av hodet mitt og masserte hodebunnen og bak ørene mine.

Jeg pustet sakte og husket hvor ellers de fingrene hadde massert meg.

Da han var ferdig med nakken min, løftet han armene mot hendene mine.

Fingrene våre flettet sammen, farget med olje.

Han klemte hendene mine og kom tilbake til ryggen og sidene mine.

Jeg grøsset da fingrene hans børstet brystene mine og gned oljen rundt brystet mitt der fingrene hans kunne nå.

Jeg stønnet nå, kjente vekten av kroppen hans mellom bena mine, presset mot rumpa min.

Jeg krympet meg da jeg kjente bulen hans stivne, men han trakk seg tilbake og jobbet med bena mine nå.

Jeg klynket og begravde ansiktet mitt i puten for å dempe lyden.

Han avsluttet føttene mine og gled sakte hendene nedover baksiden av bena mine, over rumpa, og presset langs baksiden av midjen, hoftene og nedover sidene mine.

Fingrene hans børstet sidene av brystene mine igjen, og så la han seg oppå meg med munnen mot halsen min.

Han børstet håret mitt bakover og nappet på høyre øreflippen min, og fikk meg til å stønne.

Jeg sukket og flyttet rumpa mot ham, og kjente hardheten hans banke tilbake.

Hun ville ikke tigge, og hadde gått med på å ikke si noe, men hun var varm og ukomfortabel til tross for massasjen.

Han trengte mer.

"Harry?" Jeg klynket og buet meg opp igjen.

"Ja, Debbie?"

Det hørtes gøy ut.

Som om man venter på dette.

Han presset mot meg.

knurret jeg.

"Vær så snill?"

Han slikket meg på halsen.

"Vær så snill?"

"Vær så snill..."

"Hmm?" Han reiste seg, jeg hørte suset fra klærne hans, og satte seg så ved siden av meg med det bare låret mot skulderen min.

Hånden hans strøk meg over korsryggen og strøk meg over rumpa.

"Hva vil du Deb?"

Jeg kunne ikke puste et øyeblikk, da jeg visste at hanen hans var der.

Jeg klynket og bet meg i underleppen.

"La meg se."

Han fjernet bindet og jeg måtte blinke flere ganger for å tilpasse meg lyset.

Jeg la merke til den nakne skulderen hans og en piggtrådtatovering som omringet venstre bicep.

Øynene mine beveget seg nedover, og jeg kjente noe dypt inni meg vri seg av begjær da jeg så hanen hans, hard og tykk på låret hennes.

Han pekte rett på meg, hodet knallrødt.

Jeg holdt pusten og snudde ansiktet mot puten, og tok tak i lamellene på sengegavlen igjen.

"Det er alt?" Hånden hans beveget seg lavere og kjærtegnet innsiden av lårene mine.

Jeg vred meg og stønnet.

"Nei."

"Hva mer vil du ha Deb?" Stemmen hans var mykere, tykkere.

Jeg tvang meg selv til å svelge og lukket øynene.

"Du. Jeg vil ha deg. Vær så snill."

"A) Ja?" Fingrene hans gled gjennom fuktigheten min og gned seg mot klitorisen min.

Jeg gispet, øynene mine åpnet seg.

På en eller annen måte klarte jeg å finne stemmen min igjen.

"Jeg ønsker mer."

Han strøk meg sakte.

Fingrene hans gravde seg inn i meg.

"A) Ja?"

"Jeg ønsker mer."

Jeg slet med å få knærne mine under meg, spre bena bredere og kjenne ham dypere.

"Hva med dette?" Stemmen hans var en varm hvisking i øret mitt.

Jeg klynket da jeg kjente at han presset hanen mot meg, og strøk den frem og tilbake mellom de ytre leppene mine.

"Å takk ja!"

"Hva vil du at jeg skal gjøre videre, Deb?"

Tungen min frøs.

Jeg tenkte bare skitne ting i hodet mitt.

Jeg hadde aldri sett for meg å si slike ord høyt.

Frem til nå.

Men han kunne ikke si dem.

Jeg kunne bare ikke...

Han lente seg over ryggen min, hanen hans hvilende mellom baken min, og hvisket i øret mitt:

"Vil du at jeg skal knulle deg Debbie? Vil du at jeg skal gjøre det veldig sakte?"

Jeg ble kvalt og nikket så rasende at nakken verket av anstrengelsen.

Han humret, satte seg ned igjen og tok tak i venstre hofte med sin sterke hånd.

Jeg kjente at han beveget kuken til den hvilte mellom de ytre leppene mine.

Presset økte.

Hele kroppen min ble spent.

Hun hadde lekt med leker mange ganger, så hun var vant til størrelsen på hanen hans.

Men jeg hadde bare forestilt meg hvordan det ville være å føle henne ekte inni meg.

Til tross for at jeg var opphisset og utvidet, var jeg fortsatt bekymret for smertene.

Han dyttet knærne mine inn i sine, og de gled enda lenger på lakenet.

Han trykket igjen, og denne gangen gikk han inn.

Jeg kvalt meg igjen, begravde ansiktet mitt i puten og lot som det var fingrene hans i stedet for kuken hans, slik at jeg kunne slappe av.

Og akkurat som lovet, veldig sakte, tomme for tomme, gikk han inn i den varme, våte fitten min.

Jeg kunne ikke tro følelsen.

Det var ingen smerte.

I stedet kom det en sterk, bankende hete.

Og glede.

Å for en glede!

Jeg trodde det aldri ville stoppe, og så gjorde det det, og vi sto begge veldig stille.

"Går det bra Deb?"

Den ene hånden holdt fremdeles hoften min

Den andre kjærtegnet den lille ryggen min.

Jeg klarte å si "Ja".

Han kunne bare forestille seg vår erotiske scene: meg på alle fire, håndleddene mine bundet til sengen, rumpa løftet mot ham.

Han knelte bak meg, hanen begravd dypt inne i meg, hendene hans på hoftene mine.

Rystelsene gikk gjennom meg.

Jeg hadde aldri sett for meg at jeg var underdanig ... før i kveld.

Han begynte å trekke seg unna.

Han tok seg sakte, litt utenfor, inn igjen; Han gikk ut litt mer, helt tilbake, til han gled slik at bare hodet på lemmet hans ble igjen inne.

Det var en imponerende opplevelse, og jeg kunne bare gi ut små gisp av glede mens hun beveget seg.

De to hendene hans tok tak i hoftene mine nå, og han knullet meg sakte inn og ut og vugget kroppen min frem og tilbake mot ham.

Han kom inn i rytmen, og jeg fant meg selv å bevege meg samme vei av egen fri vilje.

Da han presset seg helt ned, stoppet for et ekstra dypt trykk, begravde ballene mot rumpa mi, stønnet jeg høyere.

Jeg mistet oversikten over tid, bare nøt følelsene:

Hendene hans på kroppen min.

Hanen hans inni meg.

Den matte lyden av at han glir inn i fitta mi.

Hjertet mitt banket i hodet mitt.

Vår tunge pust.

Jeg vet ikke om han sa noe, men jeg var så fokusert på det økende presset inni meg at jeg ikke tror jeg hadde hørt ham hvis han hadde gjort det.

Han hadde ikke økt farten til enhver tid.

Dermed ble hele opplevelsen forsterket, gleden vunnet.

Han forskjøv seg litt, muligens for å lette presset på knærne.

Det spilte ingen rolle hvorfor han gjorde det, men han beveget seg også innover og jeg skrek, og innså at han hadde truffet G-punktet mitt.

Han stoppet i sin retrett.

"Debbie? Har jeg skadet deg? Går det bra?"

"Der!" Var alt jeg kunne si, pusten stoppet i halsen og oppfordret ham til å fortsette.

Jeg tok tak i lamellene på sengegavlen og prøvde å presse mot ham, men hendene hans stoppet meg.

Han presset seg frem, og jeg skrek da han slo ham igjen.

"Der!"

"Ah. Skjønner, Deb. Skjønner det."

Og det gjorde han.

Om og om igjen gled han dypt inn på det perfekte stedet.

Kanten kom nærmere og nærmere.

Og så snudde jeg og skrek hele veien.

Jeg falt tilbake mot sengen, men han fortsatte å stryke og hvisket oppmuntrende ord.

Han skjønte knapt hva han sa, men den dype stemmen hans var trøstende.

Jeg kjente hendene hans klemte meg strammere.

Hoftene hans smalt i baken min, en varm strøm kom inn i meg dypt inni, jeg gråt sammen med ham, og så var vi stille.

Overraskende nok begynte han å stryke meg igjen, like sakte som før, og jeg fikk en ny orgasme.

Mens jeg ristet under ham, strakte Harry seg opp over meg og løste opp håndleddene mine.

Jeg falt sidelengs.

Han trakk meg tilbake mot brystet sitt, fortsatt inni meg.

Tårene kom i øynene mine da en av hendene hans dekket brystet mitt og kjærtegnet meg.

Den andre hånden hans falt for å kutte haugen min, fingrene hans gled mellom lårene mine for å gni klitorisen min.

Og jeg kom for femte gang.

På et tidspunkt trakk jeg hendene hans vekk.

Jeg kjente hanen hans gli ut av meg og lene meg mot beinet mitt.

Han spredte kyss langs skulderbladet mitt og holdt meg i skjeposisjon mot seg.

Da jeg kom tilbake til virkeligheten og trakk pusten, snudde jeg meg for å se på ham.

Armene hans tok seg rundt meg og trakk meg nærmere.

«Vi brukte ikke boblebadet», mumlet jeg mot skulderen hans.

"Hva, ikke nok nytelse for en natt?" Han humret og presset leppene sine mot pannen min, og børstet håret mitt bak øret. "Utsjekking er ikke før middag i morgen. Så vi har god tid."

Jeg lente hodet bakover slik at jeg kunne se inn i de mørke øynene hans.

De så tunge ut, like søvnige som mine.

Jeg klarte å skjule gjesp mitt med et smil.
"Bra, for jeg mangler hevn og er en tispe."

SLUTT

DOMINERER SUSAN. DEN NYE JOBBEN (EROTISK DOMINASJON) AV ERIKA SANDERS

FORORD

Robert er en moden suksessfull forretningsmann, gift med en sønn på samme alder som Susan.

Familiene deres har vært nære venner i mange år, og han hadde sett henne vokse til en nydelig ung kvinne.

Han hadde alltid vist et åpent vennskap med jenta og hadde gjennom årene gjort henne oppmerksom på hans forkjærlighet for henne.

I hemmelighet skjulte hans vennlige forhold og hans hengivenhet for jenta hans mange mørke ønsker, uten noen sjanse til å gjøre dem til virkelighet.

Hennes totale underkastelse til ham var den eneste drømmen, i hennes mørkeste tanker og en som hun ønsket skulle gå i oppfyllelse.

Susan er en nyutdannet jente med en handelsutdanning i hånden og ivrig etter å oppleve verden.

I ferd med å starte sin første ordentlige jobb, en stilling tilbudt av Robert, en familievenn, av respekt for faren og anerkjennelse av hans evner.

Men også, uten at hun visste det, drevet av hans ønske om å eie henne.

Hun er en hyggelig, sensuell, men søt jente som har hatt den samme kjæresten, Peter, siden førsteåret på college.

De er eventyrere, men de forstyrrer aldri deres verden.

Hun vet hva hun vil, eller tror hun vet, men hun er egentlig ganske lydig når det gjelder å la andre lede henne gjennom livets veier.

DEN NYE JOBBEN

Han står foran bygningen og stirrer på glass- og stålfasaden.

Se alle de velstelte mennene og kvinnene som haster inn og ut av inngangen.

Hun ser på sin egen korte skjørtdress, øker tempoet og går inn.

Hun føler seg liten og litt skremt av menn som ruver over hennes seks fot fem når hun går på heisen og går inn i sin nye arbeidsgivers virksomhet.

Hun ser seg rundt og ser ham i resepsjonen snakke med en bombeblond kvinne og fniser flørtende, smilet hans lyser opp i ansiktet hans mens han snur seg mot henne.

Hun rødmer uten å vite hvorfor og beveger seg mot ham med hælene klikke på flisgulvet.

Armen hans omslutter skuldrene hennes beskyttende mens han introduserer henne for jenta ved skrivebordet.

"Anne, dette er min lille Susy!"

Hun rødmer, så retter seg opp og strekker ut hånden.

"Hei, jeg heter faktisk Susan, hyggelig å møte deg."

Han leder henne med en konstant hånd på skulderen til ulike avdelinger og andre ledere.

Han introduserer henne som Susan, som hun er takknemlig for, og som ønsker å gjøre sitt beste i denne verden av stor rivalisering.

Hun holder seg nær ham hele morgenen og prøver å huske en lang rekke navn før han til slutt fører henne til kontorpakken hans.

Han viser henne skrivebordet i forrommet som vil være hans i det meste av tiden hun er her.

Hun legger fra seg vesken og kjører fingrene lett over de velvalgte møblene.

Hun blir ført inn på kontoret hans hvor han peker på de overdådige mørke møblene, helt i skinn og mahogni.

"Og det er her jeg jobber."

Han forlater siden hennes for første gang og setter seg ved skrivebordet sitt.

Hun føler seg merkelig ensom når hun står på dette store kontoret foran ham.

Han tar noen nøkler og fortsetter å snakke:

"Til venstre, bak oppholdsrommet, finner du en dør til et lite kjøkken. Dette underholder ofte kundene. Barkjøleskapet skal alltid være fylt med det som står på listen, pluss at det er en meny. Du må lære å lage mat. retter, i tilfelle kokken ikke er tilgjengelig. Jeg legger det inn i treningsprogrammet ditt.

Han hadde beveget seg raskt bak henne, dyttet henne mot døren og åpnet den.

Storøyd og i ærefrykt for størrelsen på selskapet og kontorene hun eide, alt hun kan gjøre er å nikke dumt.

"Det vil være slik."

"Ja herre," sier han med et smil, men alvorligheten i stemmen hans ryster henne.

"Ja herre". Hun svarer automatisk.

Han tar henne i armen, beveger seg ut av kjøkkenet og leder henne til et annet soverom med døren på samme vegg.

"Og dette er mitt private bad, du kan bruke det, men bare med min tillatelse, forstår du Susy?"

Hun nikker igjen ordløst mot overfloden av dette badet, og kommer seg når hun kjenner ham stivne, stammende:

"Ja herre".

Han smiler av hennes lydighet.

"Han vil bruke ansattetoalettet nede i gangen hvis han har behov og jeg ikke er her."

Hun er raskere denne gangen.

"Ja herre".

På den andre siden av rommet, to like soverom med dører som han viser deg.

"Dette er et privat møterom," hun ser raskt mens han skynder henne avgårde, "... og det er her jeg hviler meg hvis jeg trenger å overnatte på byen."

Rommet var mørkt og en stor himmelseng og ulike benker dukket opp i det store rommet.

Han rakk så vidt å kjenne det før han lukket døren for ham.

Han tar henne tilbake til skrivebordet, slår på datamaskinen og viser hennes personlige meldingstjeneste fra kontoret til datamaskinen hans som alltid skal være på og åpen.

Fornøyd med det passende "Ja" til de riktige tidspunktene og sin naturlige tilbøyelighet til å være hjelpsom, lar han henne stå på pulten for å gjøre seg kjent med sine nye omgivelser.

Han tester oppmerksomheten hennes ved å sende henne små øyeblikkelige meldinger og smiler til hennes umiddelbare svar mens hun leser oppgavene og forskjellige tidspunkter de klaget til henne ved skrivebordet hennes.

DEN EGENTLIGE YKKELSEN

Han var tålmodig og snill da hun ble kjent med hennes nye jobb i selskapet hans.

Han snakket ofte med henne gjennom direktemeldingsskjermen når hun ikke var i møter eller utenfor selskapet, spurte henne om familien, vennene hennes, hvordan det gikk med kjæresten, fikk henne til å føle seg som henne. Du ser kjærligheten din og ekte interesse for livet hennes.

I løpet av de travle første ukene av treningen tok han seg tid til å rådføre seg med henne og justere timeplanen hennes om nødvendig, og ble hennes mentor, hennes venn og noen ganger en streng farsfigur.

Han spøkte med henne, spilte spill og pratet vennlig.

Samtalene ble gradvis mer intime etter hvert som tiden gikk.

De spilte sannhet eller tør ofte på datamaskinen, og i spillet ble spørsmålene deres mer personlige og direkte.

Så stoppet han mens han leste sitt siste svar.

Han hadde forventet at noe slikt skulle skje, men han hadde egentlig aldri forventet at det skulle skje.

Her spilte hun sannheten og her var sjansen til å våge med henne igjen.

Hun valgte alltid sannheten ... og hun innrømmet nettopp en spanking fra kjæresten sin, og at hun likte det.

Med det skulle han begynne å gjøre drømmen til virkelighet.

Hun visste at hun sannsynligvis aldri ville spille dette med ham igjen, og trakk seg nesten tilbake og tenkte at hun ville slutte, eller enda verre, fortelle det til noen i selskapet og deretter familien hennes.

Han måtte imidlertid videre.

Hans langvarige ønske drev ham, og han begynte å skrive.

Hun hadde ikke valgt å våge, men han fortsatte å skrive ...

***

"Jeg våger deg til å la meg slå deg, Susy."

Hun stirret, kunne ikke tro hva hun leste.

Hun hadde vokst seg nær ham, forgudet ham og måten han brydde seg om henne på og fikk henne til å føle seg så spesiell, nesten som om hun var hennes far.

Kanskje han spøkte med henne igjen, og trodde ikke på det hun hadde fortalt ham om daten deres kvelden før.

Tankene hennes snurret mens hun tenkte på hvordan hun hadde følt seg slått av kjæresten, og hun vred seg i setet mens hun innså at hun måtte svare.

Han stirret på skjermen, meldingsboksen var tom, foreløpig og venter på svaret hans.

***

Han begynte å grue seg, men så så han at hun skrev.

Hjertet banket fort, og han fikk panikk, før han endelig så hva hun skrev.

"Ja sir."

Hun skrev raskt, og ba henne om å handle på seg selv og lykken:

"Så gå inn på kontoret mitt og lukk døren. Når du kommer inn på kontoret mitt vil du adlyde alle mine ordre, du vil ligge på fanget mitt uten å snakke og du vil underkaste deg mine spankings."

***

Hun blunket til svaret hans.

Dette spillet begynte å bli seriøst, men det var bare et spill, ikke sant?

Testet han henne?

Bør jeg gå tilbake?

De var både nervøse og anspente av sine egne grunner, klistret til dataskjermen.

Hun ville ikke være den første som trakk seg tilbake og la ham erte henne.

Hun skrev:

"Ja herre".

***

"Så kom til kontoret mitt, Susy, og lukk døren."

Det kom ikke noe svar, men hun skyndte seg inn på kontoret sitt og lukket døren som en skremt kanin, vantro til hva hun nettopp hadde akseptert, og tenkte at han fortsatt lekte med henne.

Han satt tilsynelatende uberørt mens kroppen hans verket etter henne, og så hennes frykt, forvirring og varmen i øynene som holdt henne gående.

"fanget mitt venter"

Hun tok et skritt frem og han løftet hånden, stoppet midt i skrittet.

"Du gikk med på å adlyde meg når jeg kom inn i dette rommet, gjorde du ikke?"

Synlig skjelvende hvisket hun:

"Ja herre".

Han pekte på bakken, ble oppmuntret og gryntet,

"Kryp mot meg."

Han så følelsene spille i ansiktet hennes, motvilje, frykt, frykt, spenning og til slutt underkastelse.

Han ga ut pusten han holdt mens han så begynnelsen på drømmen gå i oppfyllelse, den lille kroppen hennes falt ned på knærne og deretter i hendene hans mens hun begynte å krype mot ham.

Han kjente hanen rykke ved synet av henne.

Det var hans endelig, om så bare for denne ettermiddagen.

***

Hun kunne ikke tro at hun gjorde dette, denne mannen hun hadde kjent hele livet var i ferd med å virkelig slå henne.

Spillet hadde gått for langt, men hvorfor stoppet han det ikke?

Hun skjønner at hun ville ha ham!

Herregud, ville hun ha ham?

Var det noe galt med henne?

Hvorfor føltes det slik?

Øynene hennes låste seg på den sterke kroppen hans i den store stolen hans da hun nådde føttene hans og gled som en slange hun flyttet på fanget hans.

Han visste at det var feil, men han kunne ikke la være.

Uten ord, uten diskusjon, uten å stryke henne for å være en flink jente, slengte hånden hans hardt inn i rumpa hennes, og hun hylte.

* * *

Han så på den vakre engelen som kravlet mot ham, tankene hans gikk til de mørkeste stedene og måtte rygge unna, så ung og påvirkelig at han ikke skjønte hva han var verdt.

Han brukte all sin viljestyrke til å forbli passiv mens hun glir ned på fanget hans, sikker på at han kan kjenne denne hardheten i magen hennes når han løfter skjørtet hennes, avslører en rosa stringtrosa, løfter hånden og slår henne med all kraft.

Om bare for denne gang han likte det.

Se de anspente musklene hennes kruse under angrep og håndavtrykkene hennes lyser rødt på den hvite huden.

Hun hviner og gisper:

"Åhhhhh thatooo hurtsleeeeee".

Hun hviner og vrir bena sparkende mens han pisker henne dypt igjen.

* * *

Hun mister oversikten over slaget mens smerte fyller den lille kroppen hennes og varmer henne opp.

Hun legger merke til varmen som starter i den lille fitten hennes og fuktigheten på lårene hennes mens han pisker henne.

Tapt i varmen og trenger å skrike, små tårer strekker seg over kinnene hennes.

***

Hånden hans blir følelsesløs mens han pisker henne hardt og nyter stramheten av de harde musklene hennes, skrikene hennes og bønnene for henne om å slutte å slå ham mens han maler den lille rumpa hennes knallrød.

Han stopper når han ser henne våt mellom bena, utrolig nok, den lille kroppen hennes rykker i fanget hans.

***

Sinnet hennes låste seg i kraften til denne mannen mens hun gisper og skriker.

Mens han fortsetter å piske henne hardt og raskt, tar kroppen hennes over mens sinnet hennes svirrer, hun føler varmen og det innestengte behovet for en altfor udugelig kjæreste og tapt i følelsen av at hun kommer, blir hard, og orgasmen hennes. spruter på lårene hennes med dette enkle slaget.

Hun føler at han stopper og dør innvendig.

Skammen hans fyller henne mens hun skjelver på fanget hans, gisper og hulker.

Varmen fra rødmen fylte ansiktet hennes, så flau, hvordan kunne hun ha gjort det?

***

Han smiler mens han ser ansiktet hennes rødme av forlegenhet, holder henne på plass, vel vitende om at dette er hennes øyeblikk.

"I løpet av neste uke vil du bli min slave. Dette vil være ditt kongelige yrke. Du vil adlyde meg i alt jeg befaler deg. Du vil være i sikte til enhver tid og be meg om tillatelse til å dra om nødvendig, selv om det bare er for å gå på do. Jeg vil eie deg og du vil adlyde meg. På slutten av en uke vil vi snakke om dette igjen."

* * *

Hun ligger på fanget hans og kjenner orgasmen av slaget hans, og lytter til ordene hans.

Det er en uttalelse, ikke et spørsmål.

Han innser at han ikke har gitt ham alternativer.

Hun bøyer hodet i skam og rister av det hun nettopp gjorde.

Og hun stønner:

"Ja herre"

HISTORIEN VIL FORTSETTE I NESTE BIND: REGLERNE

www.ingramcontent.com/pod-product-compliance
Lightning Source LLC
LaVergne TN
LVHW101955220826
846093LV00006B/225

9798223158219